바람의 여백

책 만 드 는 집   시 인 선 1 7 9

바람의 여백

박홍재 시조집

책만드는집

바람이 부는 곳은

색깔이 입혀진다

지나온 그 자리에 무엇이 남아있나

허공을 올려다보며

잠시 멈춰 봅니다

2021년 여름

박홍재

| 차례 |

1부   피아노 층층 계단 위
노래 되어 쌓인다

2부 흩어진 마음 자락을 고이고이 여민다

3부 때 묻은 내 마음조차
씻겨지고 있었다

4부

그림자 곧추세워서
싹 틔울 꿈을 꾼다

5부   곳곳에 바람이 되어
침묵들을 깨운다

1부

피아노 층층 계단 위
노래 되어 쌓인다

폭포

아무리 여유롭게
흐르던 물줄기도

절벽에 다다르면
섬뜩한 마음 덜컥

아우성
내지른 소리
골짜기를 흔든다

낙동강

고당봉 정수리를 멀찌감치 바라보며
김해 들 넓은 터를 무람없이 쟁이면서
꼬리를 살랑거리며 바다 끝을 잡고 있다

골마다 피는 안개 다독여 품은 소식
풀었다 감으면서 힐끗힐끗 돌아보다
산줄기 너울 능선에 풀어놓은 너스레

꽃대를 올려놓고 뭇 생명 불러 모아
허기진 젖은 가슴 등을 쓸어 다독이며
어깨를 들썩이면서 신명 풀며 흐른다

동해남부선

– 폐철로 구간

기적도 개발 앞에 꽁무니 잘려버려

폐철로 동해남부선 파도 소리 맑아졌다

사라진 그곳에 서면 이명처럼 들린다

산다는 게 오며 가며 안부를 물어보고

아프면 아픈 마음 보듬어 나누다가

웃음을 섞어놓으면 활짝 피는 삼포구*

* 미포, 청사포, 구덕포.

승부역*

골짜기 산길 따라 영동선 외진 동네
이따금 잊을까 봐 기적 소리 남기는 곳
하늘도 세 평뿐이요 꽃밭도 세 평인 역

할머니 굽은 등을 빼닮은 철길 위로
행여나 녹이 슬까 지나가는 협곡 열차
도보꾼 발걸음 소리 막걸리 병 줄 섰다

아직도 산골 냄새 진득하게 묻어있는
가져온 보따리 속 고랭지 먹거리들
도시인 뱃속 독기를 걸쭉하게 뽑아준다

* 경북 봉화군 석포면 승부길에 있는 아주 작은 역.

비무장지대DMZ

먼 곳의 얘기 같던
저 너머 비무장지대

끝나지 않은 전쟁 도사리고 엎드렸다

철조망 뾰쪽한 침도
이제 지쳐 녹슬었다

지뢰밭 속살 곳곳
생명은 태어나고

새들은 넘나들며 누리는 평화로움

사람은
총구 겨누고
눈 부릅떠 노려본다

신축 아파트

하루씩
키를 높여
야금야금
가리더니

아파트
한 단지가
앞산 중턱
다 가려서

먼 곳만
바라보던 눈
내 코앞을
자주 본다

강 물결

얼마나 정 그리워 저토록 철썩이랴
때로는 돌아서서 눈물도 훔치면서
밤마다
물새들 불러 넋두리를 풀어댄다

굽이를 돌 때마다 골짝 인심 품은 색깔
단물도 떫은맛도 가슴에 안은 채로
속 깊이
사려 밟아서 꾹꾹 쟁여 품었다

보리밭 소곤거림, 대숲에 바람 소리
지날 때 몰랐지만 뒤돌아 다시 보니
헤매던
나의 발자국 강물 되어 흐른다

원효암 가는 길

발아래 찰방찰방 여울 따라 오릅니다

자드락 복찻다리 작은 폭포 물소리가

세속 꿈 조리질하여 뽑아 올린 길입니다

살피길 삼나무들 묵상하고 섰습니다

돌사자 가부좌에 합장하는 마당귀 쪽

가벼운 발걸음에도 낙엽 한 잎 떨굽니다

청옥산

더위도 폭염 더위 피해서 오른 산정

자작나무 둘러앉아 반갑게 손 내미네

내륙에 달군 열기가 연신 뿜어 오른다

산등성 넘는 바람 동해를 향하다가

맞바람 못 견디고 안개꽃 피우면서

한 바퀴 서늘한 바람 풍력발전 돌린다

신이 난 날개 셋이 자리를 바꿔가며

청옥산 자연 바람 한곳에 챙겨 넣어

저 멀리 보내고 있다 에어컨을 돌리라고

초암정원에 와서

어머니 그리워서 그 터에 다시 와서
그리움 한 그루씩 갖가지 나무 심어
가슴에 담았던 정을 물 주면서 가꾼다

한마디 기억나면 한 발짝 넓힌 언덕
꿈동산 되어가는 기쁨을 맛보면서
늘그막 정원을 꾸며 간판까지 걸었다

부모님 모시면서 살았던 그 옛정을
허한 가슴 채운 동산 섬섬옥수 남아있는
펼쳐진 초암정원을 그루마다 눈길 준다

황지연못

길손도 시원 찾아 정수리 더듬는다

낙동강 천삼백 리 첫발을 딛는 여기

뉘라서 태백에 와서 고개 기웃 않겠는가

길이야 멀다 해도 가다 보면 닿을 것을

가면서 굽이치는 아리랑 저 곡조를

물굽이 모롱이 돌며 적시면서 흐른다

무명암

어쩌다 이름조차 못 얻어 무명 바위
답답한 저잣거리 속상한 일 생긴다면
바위에 자일을 걸고 내 몸 한번 맡겨보라

몸 구석 찌든 땟물 바람이 씻어준다
한 발 한 발 딛는 걸음 앞사람 살펴가며
마지막 뜀바위에선 내가 용기 내야 한다

가만히 귀 기울이고 가슴으로 듣는다
얽히고 설킨 마음 햇볕 당겨 쬐고 나면
바위 끝 눈이 꽂힐 때 하늘 위로 날아간다

고당봉* 가는 길

한 곡조 뽑아내는 높낮이가 닮았다

바위를 타고 넘는 발림과 아니리에

소리꾼 목청 저 너머 낙동강이 감아 돈다

절벽의 층층 계단 올라가는 관절 마디

양지쪽 진달래가 손 내밀어 잡아주면

펼쳐진 금정산 자락 품에 안긴 내가 있다

* 부산 금정산에서 가장 높은 봉우리.

흰여울길

흰 파도 한 자락을 봉래산에 걸어놓고
해풍에 말리느라 뱃고동이 올어댄다
산바람 맞받아치며 더욱 당겨 펼친다

인터넷 소리 소문 찾아온 선남선녀
햇살이 펼쳐놓은 묘박지 윤슬 위에
골목길 여울을 따라 그려보는 그림이다

피난처 애잔함이 겹겹이 눌어붙어
휴대폰 사진기에 찍어 누른 이야기가
피아노 층층 계단 위 노래 되어 쌓인다

추사 유배지에서
−신 유배 생활

예산댁 스무 살에 서귀포로 시집와서
뭍으로 아직까지 친정 한번 못 가봤다
이웃들 제주 사투리 알겨먹는 그 소리에

검은 머리 흰 물 배게 제주살이 정붙이니
남들은 오가는 것 잘도 가고 오더니만
신행이 귀양길 될 줄 꿈도 꾸지 않았는데

젊어서 살림이야 깨도 살짝 볶았지만
간다는 기별 없이 갑자기 떠난 양반
산방산 바람 소리에 안 들린 지 오래다

도로보다 더 낮아도 눈에 띄는 진성식당
푸념 풀어 끓인 국수 맛있다는 말에 들떠
추사의 유배지 덕에 여태 발목 잡혔다

2부

흩어진 마음 자락을
고이고이 여민다

해파랑길을 걷다

오륙도 갈매기들 응원의 날갯짓에
모래톱 해당화도 마당여 갯내음도
고성 땅 통일전망대 첫발 디뎌 향한다

오른편 겨드랑이 동해 한 권 끼고 걷다
한 번씩 펼쳐 들고 행간을 읽어본다
흰 파도 밑줄을 치면서 다시 눈길 멈추고

활짝 열린 가슴에는 산길도 스며들고
한마디 건네오는 갯가 사람 이야기들
구릿빛 어촌 말투가 발걸음도 잡는다

그렇소! 억센 말씨 그러니더! 바뀌면서
그렇게 하더래요! 감칠맛이 감겨온다
갈매기 울음소리도 토박이말 닮았다

다랑쉬오름

바람 안개 불 때마다 들릴 듯 보일 듯이
얼굴을 가린 채로 다소곳이 앉은 거기
여몄던 치맛자락을 펼쳐 보인 저 맵시

가르마 반지라운 물빛 띤 초록 항라
옴팡진 가슴팍에 품은 하늘 오롯하다
봉긋이 한몫한 맵시 설움 감춘 꽃자리

몸 낮춘 마음가짐 무던히도 출렁인다
제주 땅 깊은 한숨 품어 안은 행간마다
해녀들 잘록 허리에 칭칭 감아 감췄다

소금꽃

고삐 풀린 거센 파도
코뚜레 꿰어 당겨

순순히 무릎 꿇고 속내 키운 뼈대 하나

눈물이
사리로 앉아
도란도란 껴안는다

동래 산성마을

주전, 중리, 공해까지 뜸마을 동네 이름

처마에 높이 매단 전국 지명 간판 아래

단골들 어서 오라고 손짓 한 번 더한다

등산객 동문 서문 남문 북문 넘나들며

오르막 오르다가 젖었던 땀방울을

시원한 막걸리 한 잔 걸쭉하게 마신다

산 내음 배어있는 이웃한 인심들이

성 밖에 복잡한 삶 훌훌 털어 주고 나면

고당봉 높은 봉우리 싱긋하고 웃는다

독도에 발 딛다

파도를 다독여서 포근히 맞아주고
갈매기 날갯짓이 활공하며 환영한다
누구나 가고픈 독도
두 발 디뎌 안겼다

나 또한 국민으로 뿌듯한 자부심이
여기에 와 닿으니 가슴에 와닿는다
멀리서 마음 전하다
발 디디니 새롭다

수평선 응시하는 경비대 눈초리에
우산봉 대한봉과 딸린 섬 평화롭다
뭇 생명 보듬는 독도
윤슬 위에 빛난다

텃밭

풋것들 잘 자랐나
느닷없이 궁금해서

오늘
내일
벼르다가
남새밭 보러 갔다

고라니
발자국마다

잘
   먹
었
    다
찍
   은
쪽
   지

소목 염색

실핏줄 드러나게 섬유질 잘게 쪼개

아린 속 당신 위해 새 길 열어 가는 동안

텅 비운 붉은 울음에 뼈대 깎아 세운다

침묵도 잘 삭히면 더 깊게 젖어 들어

숨소리 잠시 멈춰 조였다 풀어내면

산바람 갈마들어서 꽃 핀 자리 눈부시다

동래 거리

치기 어린 젊음으로 살아온 거리에서
한 걸음 내디디면 선조들 숨소리가
백 년 전 들끓던 소리 구석구석 배었다

관심을 가져보니 견디며 버틴 흔적
임진란 밟힌 자국 수안역 박물관에
또다시 일제강점기 태극기가 물결쳤다

우리를 지키려고 대대로 지킨 용기
피로써 지킨 동네 가슴에 새겨 품어
용솟음 퍼 올리리라 문화의 꽃 피우리

땅거미 질 때

저녁밥 지어놓고 어머니가 부르시는
가마솥 밥 냄새가 목소리에 들려오면
땅거미 등에 떠밀려 달려가는 종종걸음

흙 묻은 가랑이를 툭툭 털어 매만지며
때 되면 집에 오지 부르게 하느냐며
두리반 한쪽 모서리 앉아 먹는 저녁밥

동생 셋 먹는 소리 방 안에 감돌아도
아버지 큰기침에 가라앉는 밥상머리
하루를 마감한 시간 둘러앉은 가족들

고목

세차게 불던 바람 거뜬히 받아넘겨

모든 걸 부드럽게 쓰다듬어 견디면서

당기고 밀어젖히며 잠시 숨을 돌린다

툭 끊긴 가지마다 상처로 생긴 옹이

포근히 감싸 안을 마음을 깔아놓고

새들도 푸근히 깃들게 오지랖을 엽니다

발굴터

– 연산동 고분군

거칠산국 묵은 향이 구릉마다 스며있어
산기슭 언덕배기 뱉어내는 역사 숨길
그나마 꼭꼭 숨었던 실마리를 찾는다

강점기 도굴되어 흩어진 순간 모여
덧대진 파편들만 올곧이 거둬들여
터 닦고 살아온 흔적 먼지 자국 털어낸다

눈물도 말라버려 고여있지 않았다
저 멀리 바닷바람 숨통이 트이면서
저려서 절뚝거렸던 모진 생을 모은다

경주 최 부자 집

어엿한 그 울림통 살며시 열어본다

오는 이 손 맞잡고 가는 이 생각나게

나무도 예절 바르게 고개 꾸벅 인사한다

안뜰에 잔돌 하나 댓돌의 매무새도

드러내 놓지 않고 편안하게 맞이한다

누구나 이 순간만은 발뒤꿈치 들게 한다

마음이 정갈하니 저절로 맞잡은 손

사백 년 이어진 꿈 가슴에 와닿는다

흩어진 마음 자락을 고이고이 여민다

튀김집

냄새가 마중 나와 코끝을 이끄는데

기름이 자글자글 끓는 소리 경쾌하다

막걸리 앞에다 두니 친구 녀석 생각난다

말랑한 속살 맛과 바싹한 겉모습이

말끝은 까칠해도 깊은 속내 닮아있어

네 생각 떠올리면서 막걸리 잔 높이 든다

떠난 자리

엉킨 줄 잘도 풀며 피돌기 돌아가다

손들고 떠난 사이 이삼일 전류 흘러

회로가 살아있다가 불빛마저 흔들린다

앉았던 그 자리를 애써 피해 바라보다

돌아서면 겹치는 생각 휘둘러 다가와서

갑자기 봇물이 되어 빈자리가 커 보인다

풀등도 섬이 되고 싶다

철새들 터를 잡은 을숙도 갈대 위로
지는 해 가덕도에 초롱처럼 내걸렸다
도요등* 까치발 딛고 목을 빼고 올려본다

갈매기 노을 물고 섬마다 점등하자
한몫 낀 낙동강도 되비친 구름 얼개
풀등도 잦은걸음을 손잡느라 바쁘다

잉걸불 남은 여운 모래섬을 다독이자
등들은 둘러봐도 삭막한 모래들뿐
백합등** 나무와 풀 키운 장자도가 부럽다

*, ** 낙동강 하구의 아직 섬이 되지 못한 풀등 이름.

3부

때 묻은 내 마음조차
씻겨지고 있었다

암막새를 기다리며

처마 밑 헤어지고 소식 없는 암막새여
천 년 동안 수소문도 끝끝내 감감하다
어느 날 깜짝 놀라게 오시려고 숨으셨나

신라인 환한 미소 상현달 머금은 채
한 조각 깨어진 삶 망부석 된 수막새
그리워 새긴 그 얼굴 꿈속에도 찾고 있다

이제는 드러낼 때 됨 직도 하다마는
앞뜰에 꽃무늬로 봉긋이 오시려고
낯설게 세상이 변해 망설이고 계시나

첫 만남

– 외손녀 태어나다

순수라는 말조차도 모자라는 날이었다

살포시 감은 눈이 세상을 가늠하네

때 묻은 내 마음조차 씻겨지고 있었다

꼼지락 손놀림에 옹알이 저 말 속에

바라보는 할아버지 첫인사라 믿고 싶다

새 우주 열리는 기쁨 사위 등에 뜨는 별

가족사진 찍다

할머니 할아버지 곁에 선 아들딸들

웃음은 어디 가고 노려보듯 부릅뜬 눈

웃어요! 소리 질러도 더 굳어진 얼굴들

눈매가 닮고 닮아 누가 봐도 한식구다

어린 손자 엉뚱한 짓에 활짝 웃는 그 순간을

잡았다, 찰칵 소리가 길이 남을 웃음꽃

최민식 사진전을 보며

일평생 빛에 홀려 골목을 쏘다니며

'사람만이 희망이다' 필름에 담으면서

그 옛날 가난한 모습 사진곽에 담으셨네

내 속에 도사렸던 응어리 풀어내는

만나는 사람마다 정 듬뿍 나누면서

그들과 눈 맞춤 하며 닮으셨네! 선생님

한 줄기 빛을 찾아 혼의 씨 심어놓은

사진전 한 장마다 누구도 범접 못 할

선구적 빛의 전도사 그 속내를 봅니다

덕분에

고향에 가고파도
못 가던 수몰 동네

동무와 피라미 떼
후려대던 앞 도랑물

가뭄에
귀향을 한다
마중 나온 골목길

고향 집터에서

매 맞고 눈물 질금 훔치던 뒤란 구석

내 잘못 감춰주던 마음의 안식처가

눈 감고 하늘을 보면 저쯤에서 보인다

그 자리 어디 가고 빈터만 남아있네

아무도 모르는 곳 나만이 알고 있는

어릴 적 내 꿈을 싹 틔워 키워가던 그 자리

아직 그립다

따스한 온기들이 아직은 남아있는
내가 자란 보금자리 무얼 찾아 떠났던가
휩쓸려 짐을 꾸렸다 꿈을 좇아 떠났다

낯설면 찬 바람도 옷깃 속 파고들고
한마디 한마디가 가슴 콕콕 찔러대도
함부로 하지 못했네! 내 터 아닌 곳이라

익숙한 자리라도 발 담그기 주저했다
고개를 갸웃대며 대화도 끼지 못해
오십 년 버텨온 것도 다행이라 여긴다

사진 찍다

펼쳐진 풍경 속에
원색만 골라잡아

햇살이 데워놓은 그 순간을 찍어낸다

오로지
그대를 향한
눈 맞춤을 위해서

언제쯤 본 듯하고
기시감 느끼면서

사랑의 그대 향기 마음에 와 안기면

책갈피
하늘빛 품은
너에게 가 닿으리

가뭄

대지가 품은 물기
송두리째 빼앗기고

하늘엔 햇살 쨍쨍
구름 한 점 안 보인다

가슴이
벌어진 틈새
고개 떨군 풀 이파리

외할머니 생각

화려한 도시 건물 뒷골목 들어서면

허리 굽은 가게들은 허름한 모습에서

삐거덕 열어젖히면 잠깐 스쳐 보인다

한 그릇 보리밥을 시키고 앉아 보니

벽에는 삶의 이력 여기저기 붙어있고

한 그릇 내다 준 맛은 외갓집에 와있다

뒤주간 팍팍 끓어 굵은 멸치 몇 개 넣어

밥도 아닌 죽도 아닌 희멀건 한 그릇에

아직도 최고의 맛은 외할머니 그 맛이다

잠시 멈추어 봅니다

– 할머니 문해

까막눈 들킬까 봐 전전긍긍 삭여온 길
눈꺼풀 비벼가며 한 자씩 배운 글자

그리듯
삐딱한 글씨
내가 봐도 대견하다

멍에를 벗어던진 가벼운 홀가분함
짓눌린 가슴 한쪽 뻥 뚫린 저 길 따라

나 홀로
꽃피우는 길
뒤안길에 섰습니다!

다시 조립하다

부품 하나 빠졌어도
기계는 멈추었네

어젯밤 엇박자로
티격태격 밤을 새운

그대와 나 사이에는 무엇이 빠졌기에

뒤틀린 말꼬투리
풀어서 돌려보며

마찰음 나지 않게
윤활유 살짝 발라

쌍방향 맞물려 가도 한쪽으로 향하게

객짓밥 낯설다

기대치 큰 것만큼 실망도 크기 마련
오랜만에 덥석 안은 자식 놈 넓은 어깨
놀라는 마음 들킬까? 속마음이 요동쳤다

객짓밥 먹다 보니 버릇도 달라졌나
이질감 속에서도 언뜻언뜻 보이는 건
어릴 때 굳어진 버릇 뽑혀지지 않았다

언젠가 뿌리 의식 잊을 날 오겠지만
가지 끝 바람 잦아 외롭지 않을 때는
휭하니 다 떠난 자리 어찌할까 아리다

운동복

모였다
헤쳐지는
아이들이 그린 세상

어디로
튈지 모를
각도 없는 체육 시간

학생들
걸음 발자국
그려내는 모자이크

찻잔을 앞에 놓고

헝클어진 속내 달래 간추린 앉음새로

센 바람 붙박이듯 묶어둔 끄트머리

한 올씩 두 사람 사이 한 땀 한 땀 깁는다

창문 너머 초록 잎새 마음 더욱 가라앉혀

눈 맞춤 고개 끄떡 나누는 이심전심

네 마음 찻잔에 담아 한 모금씩 마신다

4부

그림자 곧추세워서
싹 틔울 꿈을 꾼다

겨울 연꽃밭

푸르게 위세 떨친 그 시간도 잠시이듯

눈초리 몰려들던 꽃봉오리 지고 난 뒤

꺾어진 메마른 줄기 묵언 수행 들었다

꽃대들 몸을 낮춰 멈춰 선 물속 깊이

피안을 찾아가는 하늘빛 닮으려고

서녘에 물든 노을빛 한 올 한 올 당긴다

또다시 피워내어 활짝 필 봄날 향해

바람도 얼음장도 물빛에 새겨 넣어

그림자 곧추세워서 싹 틔울 꿈을 꾼다

나팔꽃

노인정 담벼락에 나팔꽃 벽을 타고
창문 안 넘겨보며 귀 쫑긋 열어놓고
할머니 수다 소리에 방긋방긋 웃는다

합죽한 입술 속에 틀니들 신이 났다
여기서 들은 얘기 저기선 짜 붙여서
웃음꽃 달그락대며 유리 창문 흔든다

이장님 마이크에 올리지는 못했지만
소문은 소문인지 온 동네 소문 돌아
나팔꽃 쑥스러워서 입을 살짝 봉한다

왜가리

물고기
낚아채려
강물에
내려앉자

갈대도
숨죽이고
바람도
잠시 멈춘

생이란
목울대 뽑아
도둑 걸음
디딘다

등신불

물컹한 진흙탕에 이골 난 길 팽개치고
햇살 좋은 오후 나절 새 길 찾아 나섰다
깡마른 세상인심에 삼킨 것을 내뱉는다

길거리 나와보니 따가운 눈총이라
내 살던 곳 행복인 걸 깨달은 그 순간에
지렁이 S자 몸매로 개미 떼에 소신공양

온몸을 접은 채로 감당치 못한 한계
뒤따르는 누구에겐 이정표 될 수 있게
한목숨 저당 잡히고 등신불로 남았다

길을 내다

제 갈 길
정해두고 뻗는 가지 없을 거다
바람 덧댄 진눈깨비 심술도 견디면서

허공에
손을 내밀어
햇빛 찾아 길을 간다

바스락 낙엽 자국 새 울음 품어 안아

옹이로 박힌 생을 삭혀서 내민 손길

산 능선
뼈대로 서서
푸른 하늘 찾아간다

치매 같이 앓다

꼿꼿한 곧은 성품 어디에 감추셨나
욕하고 엇길 걷기 스스로 하시면서

어머니 또 다른 세상
홀로 가고 있었다

똑같은 물음에도 똑같은 대답이다
또 다른 물음에도 똑같은 대답이다

당신만 가지고 계신
또 하나의 세상에선

밥 먹고 돌아앉아 시누이 붙잡고서
떼쓰며 배고프다 아기처럼 응석이다

며느리 기가 막혀서
억장이 무너진다

쇠 깎기
−구멍 뚫기

철판 속 깊숙하게 관통을 꿈을 꾼다

회전을 높이면서 속마음 짐작하며

절삭유 쏘아대면서 어루만져 거두면서

거부의 몸짓인가 토해내는 거스러미

부릅뜬 드릴 칼날 속도를 조절한다

마지막 통과하려는 뜨거움을 뱉는다

아, 글쎄

연초록이 욕심부려 햇살을 끌어당겨

진녹색 되고 싶어 안달하던 어느 봄날

새들이 가지에 앉아 욕심내지 말랬다

조금은 줄이려고 마음만 다짐할 뿐

요것만 여기까지 한두 개 챙기다가

남의 것 탐내느라고 내 좋은 것 놓친다

처서 무렵
– 모기

단속이 느슨해져
이제는 마음 놓자

패잔병 게릴라전
수시로 달려든다

햇볕이
당겼다 푸는
배후 세력 역력하다

짜증 더위

블록담 가림막 속 꿍꿍이 둘러쳤다

골목 안 흔들면서 매캐한 먼지까지

한 번씩 굴착기 소리 핏대 온도 올린다

햇볕도 쨍쨍거려 뒤틀리는 오후 나절

며칠간 참던 울화 용암처럼 터져 나와

삿대질 고함 오가며 또 골목을 흔든다

부끄러버예!

흘러간 노랫소리 확성기에 흥겨워라
손뼉을 치다 보니 어깨춤 절로 나와
젊은 날 생각이 나서 노래 따라 부릅니다

사회자 시킨 대로 목청껏 부르다가
다 같이 옆 사람과 손잡고 율동해요
잡으려 손을 내밀던 할아버지 머쓱하다

할머니 부끄럽게 남자 손 어찌 잡노
발그레 볼 붉히며 도리질하는 그 모습
아직도 가슴속에는 소녀티가 남아있다

소리 맞추다

운동장 오선지에
아이들 깡충깡충

선생님 호루라기
정렬을 시켜봐도

몇 사람
짝을 맞추다
흩어지고 흩어져

서로가 뛰는 모습
엇박자 되었다가

눈높이 맞춰지면
높낮이 어울려서

통통통
아이들 모습
악보 되어 펼친다

종종걸음

신호등
깜빡깜빡

아기 엄마 바쁜 걸음

두어 개 파란불이
멈추라 손짓해도

엄마는 내 손을 잡고
마구 뛰어 건너가요

팬텀기 소리

수시로 드나들며 대구 상공 지나갔다
교실 창문 흔들 때는 귀를 잠시 막았다
한순간 일상을 끊어 진공상태 만들고

열정을 토해내던 선생님 말씀까지
팬텀기 굉음 속에 그대로 빨려들어
찢어진 일상을 기워 또 한 뜸씩 이어갔다

하루에도 여러 번씩 찾아오던 비행 소리
멀리 떠나 안 들리니 괜스레 궁금하다
아픔도 오래 지난 후 그리울 때 있었다

독일로 간 청춘
– 〈가요무대〉 독일 공연

무대 위 노랫소리 맺힌 가슴 콕 찌른다

어렴풋한 노랫말은 어머니 부름인가

잔주름 고랑 지도록 잊고 살던 고향 노래

가난을 한 보따리 풀어놨던 이국 만 리

막장 아래 검은 연탄 응어리로 파내었던

꾹 참고 기다린 세월 눈물 찍어 달래본다

뿌리를 내리면서 받았던 서러움도

아름다운 꿈이 되어 꽃이 핀 이국땅에

이제는 이웃이 되어 노래 같이 불러본다

5부

곳곳에 바람이 되어
침묵들을 깨운다

미꾸라지

버스와 승용차가 신호등에 멈춰 섰다

가로 길 물길 트여 순리대로 흐르는데

곁에 선 오토바이가 쏜살같이 직진한다

S자 꼬리 휘청대며 세로 길 틈바구니

비집는 흙탕물로 그물망 흐트러져

구급차 사이렌 소리 애끓게 울부짖다

구렁을 좋아하는 습성을 못 버리고

달콤한 유혹 속에 혼절하는 어리석음

아무리 휘저어 봐도 그물 속에 갇힌다

뭉툭한 손가락

추어탕 두 그릇에
곁들인 막걸릿값

카드 결제 신호음이 휴대폰을 흔들었다

이상해
확인해 보니
0 하나가 더 붙었다

고함을 치려는데
죄송하다 고개 숙여

오늘이 개업인데 이런 실수 공부라며

다음에
다시 오시면
덤을 얹어 주신단다

늘그막에 벌인 가게
덤벙대고 어설프다

실수 연발 취소 버튼 땀 삘삘 흘리면서

뭉툭한 손가락 끝에
매달린 삶 팍팍하다

재첩국 아지매

강바닥 우려낸 향 양동이 이고 간다
똬리가 받쳐줘도 눌린 만큼 힘겹다
간신히
―재첩국 사이소!
골목 안이 아려온다

한 그릇 파는 동안 동동 뜨는 재첩 국물
휘휘 저어 국자 그득 덤으로 퍼주면서
애절히
―구수합니데이!
고무줄을 묶는다

담장을 끼고 돌면 우리 집 앞 골목 같다
아이들 대문 앞에 기다리는 착각 속에
까무룩
―어쩐 일인가?
헛된 꿈을 잠시 꾼다

남의 허기 달래주면 내 허기는 질러온다
마지막 남은 국물 짜내듯이 외쳐본다
악물고
―해장하이소!
질긴 메아리 울린다

신호수

뙤약볕 저만치서
오면 끊고 가면 푸는

도로 위 교통 지휘
주황색 막대 불빛

골목길
한 손에 들고
쥐락펴락 지휘한다

대리운전

하루를 노끈처럼 목줄 하나 매어 달아

수신기 높이 올려 귀 쫑긋 열어놓고

누군가 찾아줄까 봐 반응하는 로봇이다

손님의 횡설수설 골목길이 답답하면

무엇이 곤죽 되게 버무려 놓았는지

오늘만 맡기고 싶다, 내 하루의 대리운전

건망증

머릿속 그린 그림
입 안에 뱅뱅 돌며

입술은 달싹달싹
나올 듯 나올 듯이

소리개
바퀴 돌아도
먹이 아직 못 찾듯

철문, 입을 떼다

뾰쪽한 가시철망 눈초리가 살아있다

흠집 난 이력만큼 읽을 게 많은 대문

철거덕 열리는 순간 삼킨 말들 쏟아내다

안쪽에 나를 위해 묵혀둔 말마디가

틈과 틈 오고 가며 밀물 되고 썰물 되어

곳곳에 바람이 되어 침묵들을 깨운다

아파트 경비원

이십 세기 넘는 고개 징하게 힘들었다
거칠어진 손마디도
움푹 팬 주름살도
새 세기 둥근 해 뜰 때 자연스레 넘었다

아날로그 겨우 익혀 한숨 돌려 쉬는 동안
디지털 새 시대가
눈앞을 막아섰다
지친 몸 떠듬거리며 뒷바라지 나섰다

모퉁이 돌 때마다 쏘아보는 CCTV
한마디 내 동작도
꼼꼼하게 받아 적고
조금만 허점 보이면 달려드는 목소리

커피 자판기

오가는 길모퉁이 외롭게 섰던 사내
누군가 곁에 와서 말 걸어줄 때마다
따뜻한 가슴을 열어
미소 얹어 건네준다

번듯한 유명 상표 매무새에 외면당해
발길이 줄어들자 기어이 내보인 속
쪽지 글
―고장입니다
큼지막이 내걸렸다

실업자 지나가다 겸연쩍게 바라보며
자신을 위로하듯 혼잣말 중얼댄다
깡그리
가져가 버린
네 모습이 허전하다

장터 이웃

해거름 어둑하니 휑하니 시장 골목
오늘따라 얄궂게도 신난 사람 하나 없다
떡볶이 휘젓다 말고
댓바람에 손짓한다

건넛집 국숫집도 빈 의자만 덩그러니
하나둘 모여드니 겸연쩍게 웃어본다
우짜노 우리끼리라도
복닥거려 보자고

막걸리 한 잔 두 잔 퍼질러 마주 앉아
튀김집 거나해져 볼그레 열띤 얼굴
서로가 바라보면서
웃음꽃을 피운다

왁자한 자리 털고 가게로 간 아지매들
에라이 모르겠다 찾아온 손님에게

다음에 자주 오세요
듬뿍 준다 기분이다

실업자

여름이 지나가고
가을걷이 끝난 들판

쌀쌀한 바람 줄기 횅하니 지나간다

베어진
그루터기들 물기마저 앗아 갔다

누렇게 익은 벼들
어깨동무 보기 좋아

부러워 바라보던 그 많은 사람까지

이삭에
눈길 돌리고 버틴 우린 외면이다

부부 식당

깔끔한 실내 꾸밈 살아온 뒤태 같다
앞치마 정갈하고 빗어 넘긴 반백 머리
목소리 저음을 깔아 첼로 소리 흐른다

꼼지락 주방에는 담아내는 반찬 그릇
안주인 닮았는지 감칠맛 코에 닿아
군침을 안 흘리도록 눈 맞추어 내놓는다

달그락 접시 소리 손놀림 차분하고
말없이 눈빛으로 대화를 주고받는
빙긋이 부부 모습을 힐끗힐끗 훔쳐본다

최 씨 철공소

열댓 평 뒷골목에 고생문 내걸었다
툴툴대는 선반 한 대 폐기 직전 밀링머신
다독여 기계들 소리 살살 달래 견뎠다

앙다문 바이스 옆 반부품 주문 제품
썰다 만 톱 하나가 지쳐서 기대있다
칩들이 흩어진 채로 삼십 촉 등 올려본다

손톱 밑에 묻은 때가 최 씨를 버텨냈다
머리는 희끗희끗 아들딸 키워냈고
가족들 가끔 한 번씩 고기 구워 먹었다

남들은 돈 벌어서 넓은 곳 옮겨 가며
치솟는 땅값으로 이 골목 벗어나도
은행 빚 손 안 벌리고 꿋꿋하게 살았다

조경사

햇살과 나무 사이
조경 가위 넘나들며
그동안 내려앉은 묵은 햇살 싹둑 잘라
말랑한
푸른 잎사귀
자라나게 길을 연다

우리 집 가지들도
멋대로 커가지만
뭉긋하게 자라도록 다듬는 마음으로
새롭게
어울려 살게
빈틈 열어 놓았다

인력시장

후줄근한 가방 속에 덜 깬 잠 구겨 넣고
늘어선 의자 위에 하루치 일당 찾아
휴대폰 만지작거리며
곁눈질로 힐끗 본다

때마침 벨 소리에 화들짝 눈이 뜨여
다시 한번 가방끈을 다잡아 보았지만
먼저 온 순서에 따라
하루 인생 시작된다

남은 사람 둘러보며 안타까운 마음 담아
멋쩍게 웃음 지며 전화기 바라보며
조금만 기다리세요
일자리는 있겠지요

바람의 붓끝, 붓끝에 이는 바람

김태경 시조시인·문학평론가

'말랑한 고집'은 바람이 되었다. 바람은 불어야 제맛이지만, 멈추면 여백을 만든다. 여백은 쉼이어야 한다. 쉼이란 '멈춰 섬'만 의미하는 게 아니라 '깊어짐'을 일컫는다. 시인들은 깊어질 때 무엇을 할까. 깊어지고 싶은 당신께 초대장이 도착했다.

바람이 부는 곳은
색깔이 입혀진다
지나온 그 자리에 무엇이 남아있나
허공을 올려다보며
잠시 멈춰 봅니다
　　－『바람의 여백』 시인의 말

바람이 지나온 자리에는 무엇이 남아있을까. 허공을 올려다 보던 시인은 여백에 집을 짓는다. 곳곳에 널려있는 불가해한 욕망과 타자들을 따뜻하게 초대하고 싶어서리라. 벽면에는 정성스럽게 채색한 장면들이 액자처럼 걸려있을 것이다. 이 '말랑한' '시집'의 문을 두드려봐야겠다.

내달리고 굽이쳐서 능선을 건넜던가

바람은 지형에 따라 결을 달리한다. 바람결이라 하지 않던가. 바람이 한 사람의 삶에 들어와 그의 지형을 타고 불면, 사람결이 만들어진다. 사람마다 다양한 색으로 흔적을 남기는 이유도 여기에 있을 것이다. 박홍재 시인의 '결'을 헤아려보려면, 먼저 "흠집 난 이력만큼 읽을 게 많은 대문" 앞에 서야 한다.

뾰쪽한 가시철망 눈초리가 살아있다
흠집 난 이력만큼 읽을 게 많은 대문
철거덕 열리는 순간 삼킨 말들 쏟아내다

안쪽에 나를 위해 묵혀둔 말마디가

틈과 틈 오고 가며 밀물 되고 썰물 되어

곳곳에 바람이 되어 침묵들을 깨운다

　－「철문, 입을 떼다」 전문

　우리가 두드린 문은 "뾰쪽한 가시철망"을 옆에 둔, 무거운 철
문이었다. 손으로 전해지는 묵직한 통증은 깊숙하게 묵혀두었
던 말들에서 오는 것이었구나. 그 문이 열리는 순간, 침묵 같던
말들은 "틈과 틈 오고 가며 밀물 되고 썰물 되어" 바람으로 깨
어났다. 그리고 지금, 그 바람은 내달리고 굽이치며 능선을 건
너와, 우리의 옷자락을 흔들고 있다.

후줄근한 가방 속에 덜 깬 잠 구겨 넣고

늘어선 의자 위에 하루치 일당 찾아

휴대폰 만지작거리며

곁눈질로 힐끗 본다

때마침 벨 소리에 화들짝 눈이 뜨여

다시 한번 가방끈을 다잡아 보았지만

먼저 온 순서에 따라

하루 인생 시작된다

남은 사람 둘러보며 안타까운 마음 담아

멋쩍게 웃음 지며 전화기 바라보며

조금만 기다리세요

일자리는 있겠지요

　　－「인력시장」 전문

　박홍재 시인의 두 번째 시집 『바람의 여백』에 부는 첫 번째 바람결은 노동 현장에서 만날 수 있다. 숨 막히게 전개되는 현대 노동 현장을 사실성 높은 필치로 그려낸 것이다. 시인은 노동자들이 겪는 고뇌와 더불어 민중들의 삶, 막막한 생활을 예리한 통찰력으로 형상화하였다. 이러한 특성은 첫 시집 『말랑한 고집』에서도 두드러지게 나타난 바 있으므로, 노동시는 박홍재 시인의 시 세계를 이루는 핵심 담론이 되겠다.

　인용시 「인력시장」에는 자신의 차례를 기다리는 일용직 노동자의 모습이 담겨있다. "후줄근한 가방 속에 덜 깬 잠 구겨넣"은 걸 보면, 시적 대상은 아침 일찍 일자리를 찾아 나온 것이 분명하다. 그러나 자신보다도 먼저 나와 기다리는 사람들로 일자리가 쉽게 오지 않는다. "먼저 온 순서에 따라/ 하루 인생"이 시작되기 때문이다. 첫 수와 둘째 수까지 노동자가 놓인 상황이 제시되고 있다면, 마지막 수 종장에서는 화자의 목소리가 직접 드러나면서 여운을 남긴다. "멋쩍게 웃음 지며" 던지는 독

백적 발화 속에, 자기 위로와 체념의 정서가 뒤섞여 나타나는 것이다.

노동 문학은 발전 논리가 빚어낸 부조리와 빈민 등의 문제로, 소외된 민중들이 인간다운 삶을 회복하고자 하는 욕망에서 탄생하였다. 그러므로 노동 문학은 민중 문학론의 하위 유형으로 분류된다. 노동 문학은 노동자들의 삶을 진솔하게 표현하는 데 근본적인 목적을 지닌다. "이십 세기 넘는 고개 징하게 힘들었"(「아파트 경비원」)던 기억과 "뭉툭한 손가락 끝에/ 매달린 삶 팍팍하다"(「뭉툭한 손가락」)는 고백 속에서 민중의 고된 삶을 고발하는 것이다. 박홍재 시인의 붓길이 닿는 곳마다 이와 같은 모습은 생생하게 살아난다.

강바닥 우려낸 향 양동이 이고 간다
똬리가 받쳐줘도 눌린 만큼 힘겹다
간신히
—재첩국 사이소!
골목 안이 아려온다

한 그릇 파는 동안 동동 뜨는 재첩 국물
휘휘 저어 국자 그득 덤으로 퍼주면서
애절히

―구수합니데이!
고무줄을 묶는다

담장을 끼고 돌면 우리 집 앞 골목 같다
아이들 대문 앞에 기다리는 착각 속에
까무룩
―어쩐 일인가?
헛된 꿈을 잠시 꾼다

남의 허기 달래주면 내 허기는 질러온다
마지막 남은 국물 짜내듯이 외쳐본다
악물고
―해장하이소!
질긴 메아리 울린다
―「재첩국 아지매」 전문

　위 인용시는 재첩국 파는 아지매의 모습이 마치 눈앞에 있는
것처럼, 생동감 있게 펼쳐진다. 아지매가 지난 세월 걸어왔고,
또 걷고 있는 능선이 얼마나 굴곡졌는지, 작품 속의 내용만으
로도 추측하게 만든다. 그래서인지 아지매가 장사하는 현장을
지나온 바람에는 눈물 같은 물기가 서려있다. 이 작품은 각 수

의 종장 첫 음보마다 '간신히', '애절히', '까무룩', '악물고'라는 시어를 배치하여, 아지매가 처해있는 힘겨운 상황과 비극적 정서를 심화하고 있다. 거기에 각 수 종장의 둘째 음보에 '재첩국 사이소!', '구수합니데이!', '어쩐 일인가?', '해장하이소!'라는 아지매의 목소리(장사하며 외치는 소리)를 삽입하여 현장감을 높였다. 이러한 시적 장치는 우리가 이 작품을 감상한 후, 가슴이 먹먹해짐을 느끼게 되는 이유이기도 하다.

"무엇이 곤죽 되게 버무려 놓았는지/ 오늘만 맡기고 싶"(「대리운전」)은 노동에서도 '꿈'은 존재한다. 아지매가 이렇게 열심히 고된 노동을 하는 배경에는 '아이들'이 있고, 아이들이 곧 아지매의 '꿈'이기도 한 것이다. 그러므로 이 '꿈'은 '夢'과 '희망'이라는 중의적인 의미를 내포한다. 아지매는 아이들이 "대문 앞에 기다리는 착각 속에" 잠깐 잠이 든다. 설핏 잠이 든 사이에 꾸는 꿈은 '헛된 꿈'이지만, 우리는 그것이 헛된 꿈으로 끝나지 않길 바랄 것이다. 시가 끝날 때까지 "질긴 메아리"가 울려 퍼지기 때문이다.

내달리고 굽이쳐서 능선을 건너온 바람은, 다음 작품에서 '등신불等身佛'을 만나게 된다.

물컹한 진흙탕에 이골 난 길 팽개치고
햇살 좋은 오후 나절 새 길 찾아 나섰다

깡마른 세상인심에 삼킨 것을 내뱉는다

길거리 나와보니 따가운 눈총이라
내 살던 곳 행복인 걸 깨달은 그 순간에
지렁이 S자 몸매로 개미 떼에 소신공양

온몸을 접은 채로 감당치 못한 한계
뒤따르는 누구에겐 이정표 될 수 있게
한목숨 저당 잡히고 등신불로 남았다
　　　－「등신불」전문

'등신불'의 대상은 "개미 떼에 소신공양" 중인 지렁이였다.
지렁이는 "물컹한 진흙탕에 이골 난 길 팽개치고" 모험심과 도
전 정신을 발휘하여 새로운 길을 찾아 나섰다. 그런 그가 이토
록 "한목숨 저당 잡히고 등신불로 남"게 된 까닭은 "깡마른 세
상인심"과 주변의 "따가운 눈총" 때문이다. 지렁이는 "베어진/
그루터기들 물기마저 앗아"(「실업자」)가는 현실에 직면한 후,
꿈을 품고 새로운 길을 나아가는 일이 녹록지 않다는 걸 뒤늦
게 깨닫게 된다. 그러나 이러한 깨달음에도 지렁이는 후회보다
는 누군가에게 이정표가 되고 있으므로, 자기희생적 모티프에
서 더 나아가 속죄양 모티프의 속성을 보여준다고 하겠다.

생의 질곡을 온몸으로("S자 몸매로") 보여주는 지렁이는 시적 화자의 정서가 투사projection된 대상물일 것이다. 진흙탕처럼 이골 난 길보다는 햇살 좋은 새 길을 찾아가겠다는 시인의 의식과 의지가 담겨있으리라. 주지하건대, 박홍재 시인이 실천하는 시조 쓰기는 그가 놓인 생활 현실의 반영이자, 한편으로는 치유의 방식이기도 한 것이다. 그러므로 시인은 골 깊은 능선을 건너오면서도 웃음과 인심을 잃지 않는 사람들을 기억하고(「장터 이웃」), 소박하지만 최선을 다해 살아가는 인간 군상을 (「부부 식당」) 액자처럼 걸어둔다. 그가 지은 집에 노동과 불운이라는 짐을 내려놓고, 삶의 여백을 두는 행위에도 이런 함의가 내포되어 있다.

멈춰 선 붓끝에는 여백이 펼쳐지고

불어오는 바람을 느끼기는 어렵지 않지만, 멈춘 바람을 인식하는 것은 '깊이'다. 그것은 타자에게 쉽게 보이지 않는 비가시적 공간이다. 박홍재 시인은 내달리고 굽이쳐 온 바람이 멈춘 그곳에, 여백을 그린다. 여백은 이상적 공간이자 회복을 도모하는 '감미로운 유토피아'1) 즉, 헤테로토피아인 것이다.

매 맞고 눈물 질금 훔치던 뒤란 구석

내 잘못 감춰주던 마음의 안식처가

눈 감고 하늘을 보면 저쯤에서 보인다

그 자리 어디 가고 빈터만 남아있네

아무도 모르는 곳 나만이 알고 있는

어릴 적 내 꿈을 싹 틔워 키워가던 그 자리
 ―「고향 집터에서」 전문

　멈춘 바람에도 '결'이 있다. 이번 시집에서 필자가 만난 두 번째 바람결은 '감미로운 유토피아'적 '공간들'이다. 유토피아는 욕망을 지닌 주체가 상상하는 이상적인 공간이지만, 현실에서 실현되지 않는 장소이기도 하다. 이러한 관념 속의 공간을 현실에서 일시적으로 접할 수 있도록, 주체는 상징적 표상이 되는 공간을 만들기도 하는데, 이를 헤테로토피아라 한다. 잠시라도

---

1) 미셸 푸코, 이상길 옮김, 『헤테로토피아』, 문학과지성사, 2020, 12쪽.

욕망을 해소할 수 있도록 특정 공간을 전유專有하는 것이다.

위 인용시를 통해 살펴보면, 화자에게 "눈물 질금 훔치던 뒤란 구석"이 헤테로토피아로 기능했다는 걸 알 수 있다. "개인적이거나 자전적인 구성요소들을 갖는 기억은 전형적으로 구체적인 공간과 장소에 맞춰"[2]지는데, 작품에서 '뒤란 구석'은 화자가 어린 시절 아픈 마음을 달래고 위안을 얻은, 개인적이고 내밀한 공간이었던 것이다. 이러한 공간은 현실 세계로부터 상처 입은 경험에서 벗어나, 본원적 근거지인 '나'로 몰입해 들어갈 수 있도록 만들어준다는 점에서 중요한 "마음의 안식처"가 된다. 그러나 실재하던 곳은 이제 '빈터'가 되었고, 내면세계에서 관념적 공간으로 자리하게 되었다. "사라진 그곳에 서면 이명처럼 들"(「동해남부선」)려오는 옛 기억들만 남아있는 것이다. 이로써 어른 화자의 기억 속 특정 공간에는 어린 화자와 더불어 그리움과 추억이 함께 살아가기 시작한다.

실제 공간으로 존재하다가 관념 세계로 영원히 이동해 버린 이상적 공간이 있다면, 머릿속에서 구상하다가 현실에서 만들어지게 되는 공간도 있을 것이다. 그 공간에는 뜻밖의 친구가 방문하기도 한다. 가령, 고라니와 같은 친근한(?) 동물 말이다 (웃음).

---

2) 제프 말파스, 김지혜 옮김, 『장소와 경험』, 에코리브르, 2014, 228쪽.

풋것들 잘 자랐나
느닷없이 궁금해서

오늘
내일
벼르다가
남새밭 보러 갔다

고라니
발자국마다

잘
　　먹
었
　　다
찍
　　은
쪽
　　지
　–「텃밭」전문

위 인용시는 앞서 살펴본 「고향 집터에서」와 다르게, 현실에서 실현되고 있는 헤테로토피아가 그려져 있다. 그 공간은 '풋것'들이 자라고 있는 '남새밭'이다. 생명이 자라고 있는 남새밭은 전형적인 유토피아의 장소이다. 그런데 이곳에 고라니 발자국이 남아있어 낭만적·이상적인 공간이 이루어짐과 동시에, 에코토피아로서의 특성과 교집합을 이루게 되었다. 이 작품의 가장 큰 특징은 고라니 발자국이 생동감 있게 드러나도록 종장에 형태미를 부각한 데 있다. 이는 시각적 효과를 강조하여 자연 지향적 인상을 더 짙게 남기고자 한 나름의 미학적 접근일 것이다. 「텃밭」에서 만나는 자연 지향적 공간은 자아 회복과 내면 보살피기를 가능하게 만드는 '재생 공간'으로서 기능한다.

「고향 집터에서」와 「텃밭」이 개인 공간으로서의 헤테로토피아를 의미했다면, 다음 두 작품에는 타자와 정동하는 집단기억이 내재되어 있다.

　　고당봉 정수리를 멀찌감치 바라보며
　　김해 들 넓은 터를 무람없이 쟁이면서
　　꼬리를 살랑거리며 바다 끝을 잡고 있다

　　골마다 피는 안개 다독여 품은 소식

풀었다 감으면서 힐끗힐끗 돌아보다
산줄기 너울 능선에 풀어놓은 너스레

꽃대를 올려놓고 뭇 생명 불러 모아
허기진 젖은 가슴 등을 쓸어 다독이며
어깨를 들썩이면서 신명 풀며 흐른다
　　－「낙동강」전문

　강의 기억은 어디서부터 시작될까. 유구한 역사와 함께 흐르
며, 강은 민중의 갈증과 피로를 해소해 주는 마음의 안식처가
되었다. 위 인용시의 주요 배경이자 시적 대상인 '낙동강' 역시,
집단기억을 깊이 간직하고 있는 역사적·민중적 공간인 것이
다. "골마다 피는 안개 다독여 품은 소식"이나 "산줄기 너울 능
선에 풀어놓은 너스레"는 민중들의 사연이면서도 낙동강이 오
랫동안 간직한 말들이다. 일상의 공간에서 주름지고 부식되어
가던 민중들은 낙동강에 와서 "허기진 젖은 가슴 등을 쓸어 다
독"인다. 그야말로 불균질한 공간에서 벗어나 회복을 도모하
던 공간이었던 것이다. 그러다가도 낙동강은 민중들에게 실생
활에 도움을 주는 생활 공간으로서의 역할을 수행한다. 즉, 낙
동강은 일상의 공간이면서도 일탈을 가능하게 한 헤테로토피
아인 것이다. 두 가지의 기능이 교묘하게 맞물리면서 낙동강은

생활세계에서도, 유토피아를 지향하는 마음이라는 공간에서도, 상호부조의 결합태configuration로서 존재한다.

낙동강은 여전히 "물굽이 모롱이 돌며 적시면서 흐"(「황지연못」)르는 묵은 사연과 만난다. 때로는 "바위를 타고 넘는 발림과 아니리에/ 소리꾼 목청 저 너머 낙동강이 감아"(「고당봉 가는 길」) 돌기도 한다. 이제, 낙동강은 "어깨를 들썩이면서 신명"을 풀어내고 있는 많은 사람의 눈물과 미소를 소리에 담아, 드넓은 바다로 흘러갈 것이다.

오류도 갈매기들 응원의 날갯짓에
모래톱 해당화도 마당여 갯내음도
고성 땅 통일전망대 첫발 디뎌 향한다

오른편 겨드랑이 동해 한 권 끼고 걷다
한 번씩 펼쳐 들고 행간을 읽어본다
흰 파도 밑줄을 치면서 다시 눈길 멈추고

활짝 열린 가슴에는 산길도 스며들고
한마디 건네오는 갯가 사람 이야기들
구릿빛 어촌 말투가 발걸음도 잡는다

그렇소! 억센 말씨 그러니더! 바뀌면서
그렇게 하더래요! 감칠맛이 감겨온다
갈매기 울음소리도 토박이말 닮았다
　－「해파랑길을 걷다」 전문

"모든 문화와 문명에는 사회 제도 그 자체 안에 디자인되어 있는, 현실적인 장소, 실질적인 장소이면서 일종의 반反배치이자 실제로 현실화된 유토피아인 장소"[3]가 존재한다. '해파랑길'도 이러한 공간에 속한다고 볼 수 있다. '해파랑길'은 부산 오륙도 해맞이공원에서 시작하여 강원 고성 통일전망대에 도달하게 되는 동해안의 걷기 여행길이다. '해파랑길'은 동해 이미지와 잘 맞는 '떠오르는 해'와 바다 빛깔인 '파랑', 거기에 '～와 함께'라는 의미를 지닌 공동격 조사 '랑'을 합성한 복합어로 알려져 있다. 이 공간은 분명한 기획 의도 아래 디자인된 현실적이면서도 실질적인 장소이지만, 자연과 더불어 '걷기'를 하면서 도시 문명과 거리를 두는 반反배치이기도 하다.

위 인용시에서 화자는 "오른편 겨드랑이"에 "동해 한 권 끼고 걷"는다. 그러다 보면 가슴이 활짝 열리고, 그 안으로 산길과 갯가 사람들의 "구릿빛 어촌 말투"도 스며든다. 네 수로 구성된

───────────

3) 미셸 푸코, 앞의 책, 47쪽.

이 작품은 마지막 수에서 강원도 방언만큼 "감칠맛이 감겨"오는 걸 느낄 수 있다. 지역민의 말을 그대로 빌려와 삽입함으로써, 그들의 대화를 실제 듣고 있는 듯한 착각을 불러오기 때문이다. 특히, 종장에서 "갈매기 울음소리도 토박이말 닮았다"라고 하여 자연 합일 내지는 동화同化의 의미를 형성한 것은 "도시인 뼛속 독기를 걸쭉하게 뽑아"(「승부역」)내고, "자연 바람 한곳에 챙겨 넣"(「청옥산」)는 듯한 상쾌함을 준다.

바람의 속성은 이동과 멈춤에 있다. 그러니 사람과 같다 하겠다. 사람도 바람처럼 옮겨 다니거나 머무르는 생활을 반복하기 때문이다. 박홍재 시인의 시집 안을 둘러보면, 발길이 머무는 공간이 있다. 그곳에서 더불어 깊어짐을 발견하게 된다. 멈춰 선 붓끝에 여백이 펼쳐지고, 그 중심에는 감미로운 유토피아가 있다.

웃음결 바람결 따라 꽃피울 꿈을 색칠한다

감미로운 유토피아는 사실, 내 안에서 실현되어야 한다. 몸도 하나의 공간이며, 나의 몸은 유일무이하다. 그렇기에 가장 소중한 공간이다. 여러 갈래의 길과 세계가 서로 교차하는 곳도, 이 작은 유토피아인 내 몸 안이다. 굴곡진 능선을 건너온 바

람이, 잠시 쉬면서 깊어지는 공간도 '나'인 것이다. 박홍재 시
인의 몸속에서 뒤섞이고 있는 또 하나의 바람결을 골라봐야 한
다. 그 결은 주체가 지니는 몇 가지 욕망과 이어져 있다.

> 햇살과 나무 사이
> 조경 가위 넘나들며
> 그동안 내려앉은 묵은 햇살 싹둑 잘라
> 말랑한
> 푸른 잎사귀
> 자라나게 길을 연다
>
> 우리 집 가지들도
> 멋대로 커가지만
> 뭉긋하게 자라도록 다듬는 마음으로
> 새롭게
> 어울려 살게
> 빈틈 열어 놓았다
> 　 −「조경사」 전문

　몸 안에는 마음이 있고, 기억이 함께 산다. 몸 안의 평안을 위
해서는 "그동안 내려앉은 묵은 햇살 싹둑 잘라"내기도 해야 한

다. 그래야 푸르게 자라고 있는 잎사귀들의 '길'을 열어줄 수 있지 않겠는가. 내 몸이 머무는 집도 그러하다. "새 우주 열리는 기쁨"과 같은 별(「첫 만남」)이 뜰 수 있도록, 웃음꽃 피어나는 순간(「가족사진 찍다」)들을 담아낼 수 있도록, 집 안에도 길을 열어주어야 한다.

인용시「조경사」를 비롯하여, 몇 편의 시조에는 집과 가족의 평안을 바라는 시인의 욕망이 강하게 반영되어 있었다. 그의 내면세계에서 어떠한 존재가 푸른 잎사귀로 자라고 있는지 느끼게 해주는 부분이었다. 아울러, 잎사귀가 잘 자랄 수 있도록, 능숙한 조경사처럼 가지를 다듬어야 한다는 책임감도, 그에게서 읽을 수 있었다.

하지만 이것은 희생을 의미하지 않는다. 박홍재 시인도 "그림자 곧추세워서 싹 틔울 꿈"을 꾸고 있기 때문이다. 이는 그에게 웃음결을 만들어주는 존재가 있기에 가능한 것이었다.

　　푸르게 위세 떨친 그 시간도 잠시이듯

　　눈초리 몰려들던 꽃봉오리 지고 난 뒤

　　꺾어진 메마른 줄기 묵언 수행 들었다

꽃대들 몸을 낮춰 멈춰 선 물속 깊이

피안을 찾아가는 하늘빛 닮으려고

서녘에 물든 노을빛 한 올 한 올 당긴다

또다시 피워내어 활짝 필 봄날 향해

바람도 얼음장도 물빛에 새겨 넣어

그림자 곧추세워서 싹 틔울 꿈을 꾼다
　－「겨울 연꽃밭」전문

　꿈은 언제나 꿀 수 있다. 하지만 "푸르게 위세 떨"치던 시기에 갖는 꿈의 무게와 "꽃봉오리 지고 난 뒤"에 품는 꿈의 밀도는 다를 것이다. 위 인용시에서 보여주는 꿈은 "꺾어진 메마른 줄기"가 '묵언 수행'에 들면서, "꽃대들 몸을 낮"춘 상태에서 발생한다. 연꽃은 물속 깊은 곳에 잠겨, 깊이가 무엇인지 직접 목격하고 깨닫는다. 그 시간 동안, "피안을 찾아가는 하늘빛 닮으려고/ 서녘에 물든 노을빛 한 올 한 올"을 기억하고자 애쓴다. 그것은 다시 꽃을 피울 봄을 만나겠다는 욕망에서 온다. 욕망은 "의식 바깥의 어떤 것에로의 기울어짐이다. 이런 기울어짐은 다방향적"[4]이다. 인용시에서 보여주는 기울어짐은 위세 떨치던 시간을 기억하고 다시 그 푸르름을 만들어보겠다는 욕망과 그 위세도 잠시라는 사실을 깨달은 후에 전보다 더 깊어진 욕망이 동시다발적으로 뻗어간다.

박홍재 시인의 욕망이 나아가는 지점은 어디일까. 바로 '깊이'이다. 단순하게 '꿈을 꾼다'라고 말할 게 아니라, 시간이 흐를수록 '더' '깊어지는' 꿈을 꾼다고 언급해야 할 것이다. 그것은 '소목 염색'을 할 때처럼, 깊이 있는 빛깔을 지닌다.

실핏줄 드러나게 섬유질 잘게 쪼개

아린 속 당신 위해 새 길 열어 가는 동안

텅 비운 붉은 울음에 뼈대 깎아 세운다

침묵도 잘 삭히면 더 깊게 젖어 들어

숨소리 잠시 멈춰 조였다 풀어내면

4) 이정우, 『전통, 근대, 탈근대 – 탈주와 회귀 사이에서』, 그린비, 2011, 238쪽.

산바람 갈마들어서 꽃 핀 자리 눈부시다

　–「소목 염색」전문

　위 인용시는 소목 염색을 하는 과정에, 깊어짐을 곁들여 작품의 주제 의식을 강조하였다. "침묵도 잘 삭히면 더 깊게 젖어 들"게 된다는 메시지를 전해 받게 되는 것이다. 깊어진 소목은 붉은색으로 염색된 고운 빛깔을 띤다. 마치 꽃이 핀 것처럼 눈부시게 말이다. 이 부분에서, 박홍재 시인의 신작 시집에 드러난 주체의 욕망을 선명하게 읽을 수 있다.

　욕망이란 "가능태의 형태로 일정한 존재를 만들어내는 과정이다. 욕망은 무한에 가까운 가능존재들을 만들어낸다."[5] 인용시를 위시하여, 박홍재 시인이 집 안 곳곳에 배치해 둔 가능존재들은, 섬이 되고 싶어 "까치발 딛고 목을 빼고 올려"보는 '풀등'들(「풀등도 섬이 되고 싶다」), "아린 속 당신 위해 새 길 열어 가"며 깊어지는 존재들이다. 그리고 시인은 그의 작품 세계에서 이러한 가능존재들이 현실화될 수 있도록 자신의 에네르기를 생성한다. 그래서 시인은 "새들도 푸근히 깃들게 오지랖"(「고목」)을 열고, "햇살이 데워놓은 그 순간을 찍어"(「사진 찍

────────────

5) 위의 책, 239쪽.

124

다」)서 집 안 곳곳에 걸어두는 것이다.

　이미, 싹은 틔워졌다. 풍성한 꽃들이 피어야 한다. 어떤 꽃들을 피우게 될까. 그를 주목하게 되는 이유가 여기에 있다.

＊　＊　＊

　새집을 방문하였다. 대단한 선물을 준비하진 못했어도 축하하는 마음을 품고 문을 두드렸다. 즐겁게 초대받았으니, 잠시 나의 집이었던 이곳 방명록에 인사말을 남겨야겠다. 여기에 부는 바람이, 첫 방문자의 애틋한 마음과 축원을 전해줄 것이다.

　　내달리고 굽이쳐서 능선을 건넜던가
　　멈춰 선 붓끝에는 여백이 펼쳐지고
　　웃음결 바람결 따라
　　꽃피울 꿈을 색칠한다
　　-「바람의 붓끝, 붓끝에 이는 바람」

　누군가의 집을 둘러본다는 건, 그 사람의 결을 헤아려보는 일이기도 하다. 그러나 이제, 시집이 시인의 손을 떠났다. 그러므로 이 집은 누구의 소유도 아니다. 방문하는 자, 모두의 집이

다. 곧, 시집을 들고 있는 당신, 당신의 집인 것이다. 당신의 집
에 부는 바람으로 마음을 씻어내고, 여백에서 쉼을 즐겨보기
바란다. 점점, 깊어지는 소리가 들려올 것이다.

바람의 여백

—

초판 1쇄 2021년 9월 3일
지은이 박홍재
펴낸이 김영재
펴낸곳 책만드는집

—

주소 서울 마포구 양화로3길 99, 4층 (04022)
전화 3142-1585·6
팩스 336-8908
전자우편 chaekjip@naver.com
출판등록 1994년 1월 13일 제10-927호
ⓒ 박홍재, 2021

—

* 본 도서는 2021년 부산광역시, 부산문화재단 〈부산문화예술지원사업〉으로 지원을
받았습니다.

부산광역시 BUSAN METROPOLITAN CITY ㅂㅁㅎㅈㄷ 부산문화재단 BUSAN CULTURAL FOUNDATION

—

ISBN 978-89-7944-772-9 (04810)
ISBN 978-89-7944-354-7 (세트)